HÉROÏDE;

ARMIDE A RENAUD.

Par l'Auteur de la Lettre d'Héloïse.

A SOLIME.

M. DCC. LVIII.

AVERTISSEMENT.

LE fuccès de la lettre d'Héloïfe à Abailard m'a déterminé à faire un nouvel effai fur ce genre de poëfie, prefque inconnu dans notre Langue. Ovide en a fixé le caractére par le nom d'HÉROïDE qu'il lui a donné. Il prend pour fujet les amours des Héros ou des perfonnages illuftres. Il différe, en cela feulement, de l'Elégie, qui ne chante ordinairement que les amours des Bergers. Cette derniére, en gémiffant fur des paffions chimériques & de pure imagination, s'eft décréditée par fa froideur. L'Héroïde a cet avantage fur elle, que, s'appuyant fur des faits hiftoriques, ou fur une fiction reçue, elle a néceffairement plus de chaleur & plus d'intérêt.

L'Epifode admirable d'Armide à Renaud, dans la Jérufalem délivrée, m'a fourni la fable & les fituations. Je n'ai aucun doute fur la bonté de mon fujet, puifqu'il eft celui

A ij

du chef-d'œuvre de notre scéne lirique. On pourroit cependant, m'objecter qu'il eſt trop connu, & qu'un Poëme & un Opéra doivent l'avoir épuiſé. J'ai ſuivi l'exemple d'Ovide, qui, d'après Virgile, a fait ſa lettre de Didon à Enée, & qui s'eſt copié lui-même dans celle de Médée à Jaſon. Il avoit fait une Tragédie ſur ce ſujet, qui n'eſt point parvenue juſqu'à nous. J'ai donc, comme lui, raſſemblé dans une ſeule lettre & ſous un même point de vûe les différentes parties d'un Epiſode répandues dans un Poëme. Heureux! ſi j'ai mis à profit les beautés de mon modéle, & ſi le ſuffrage du Public m'enhardit à conſacrer quelques veilles à ce genre de poëſie.

HÉROÏDE;

ARMIDE A RENAUD.

FAROUCHE Européen, qui, des rives du Tibre,
Viens, au fein de la paix, troubler un peuple libre,
Et qui dans tes fureurs, nous préparant des fers,
Veux à tes préjugés foumettre l'Univers,
Détestable Croifé, Chrétien lâche & perfide,
Tremble, cruel Renaud ! ... connois les traits d'Armide.
Tremble ! ce ne font plus ces chiffres amoureux,
L'un dans l'autre enlâcés & garans de nos feux.
Ce n'eft plus cette Armide à tes loix enchaînée;
C'eft Armide en fureur, Armide abandonnée,
Et, pour te peindre encore un plus preffant danger,
Armide qu'on outrage & qui veut fe venger.
    Doutes-tu que cet art, dont le pouvoir fuprême
Commande à la nature, aux enfers, au Ciel même,

Et qui, par l'afcendant d'un charme impérieux,
Rend un foible mortel plus puiffant que les Dieux ?
Doutes-tu que cet art, qu'employa ma tendreffe,
Ne ferve également ma fureur vengereffe ?
Quoi ! fous le ciel épais des plus affreux climats,
Sur des monts couronnés par d'éternels frimats,
Sous ces pôles glacés, où, froide & moins féconde,
La nature languit aux limites du monde,
J'aurai pû, dans des lieux fauvages & déferts,
Créer, pour mon amant, un nouvel univers ;
Et je ne pourrai pas, quand le traître m'outrage,
Ainfi que mon amour, faire éclater ma rage !
Non, non, contre un ingrat armons les Élémens.
Effrayons, par fa mort, les volages amans ;
Et que percé de coups, fous les murs de Solime,
L'infidèle Renaud expire ma victime.

Malheureufe ! où m'égare un défefpoir mortel ?
Tu ris de mon courroux & tu le peux, cruel.
Sans doute tu fais trop qu'une amante timide,
Tremblante & défarmée à l'afpect d'un perfide,
Foible encor pour l'objet de fon amour trahi,
Sent qu'il eft regretté bien plus qu'il n'eft haï.
Moi, me venger ! de qui ? D'un mortel que j'adore,
Qui me fuit, mais, hélas ! que j'idolâtre encore !
Non, Renaud, ne crois pas qu'Armide, en fa fureur,
Achette la vengeance au prix de fon bonheur.

Il eft vrai : quand l'Europe, à nous perdre animée,
Déploya fes drapeaux dans les champs d'Idumée,

Quand tes lâches Chrétiens, fanatiques cruels,
Vinrent venger leur Dieu dans le fang des mortels,
Tremblante pour nos murs, tremblante pour mon père,
Je jurai, dans l'ardeur d'une jufte colère,
De purger, à jamais, nos Etats opprimés,
De ces pieux brigands, au meurtre accoutumés.
En invoquant les Dieux des rives infernales,
Bientôt j'allai femer dans vos tentes fatales
Cet efprit de difcorde & de rivalité,
Qu'entre les Héros même excite la beauté.
De vos chefs imprudens les ames divifées
Offrirent à mes vœux des conquêtes aifées,
Et je trainai captifs aux prifons de Damas
Ces fuperbes Chrétiens, enchaînés fur mes pas.
	Toi feul, cruel Renaud, dans ces jours de ma gloire,
A mon cœur indigné difputas la victoire,
Et jettant fur Armide un coup d'œil dédaigneux,
Lui préferas la guerre & fes plaifirs affreux.
Tu fis plus : non content d'infulter à mes charmes,
Tu tournas, contre moi, tes invincibles armes.
Des efclaves chrétiens ta main brifa les fers,
Ma honte, mon dépit remplirent l'Univers.
Armide, dans ces tems, à la haine livrée,
Contre un fier ennemi juftement déclarée,
Etoit loin de prévoir que tu devois, un jour,
Ecrafer fon orgueil fous le joug de l'Amour.
Ah ! lorfqu'abandonnant le fein de ta patrie,
Tu portois le ravage aux champs de la Syrie,

Quand le fouffle infecté de ta noire fureur
D'une fureur égale empoifonnoit mon cœur ,
Aurois-je pû penfer que , pour toi plus humaine ,
J'allumerois l'amour aux flambeaux de la haîne ?
Et cependant, cruel, quand ma main dans ton fang
S'apprêtoit à laver la honte du Croiffant ,
Quand , vengeant à la fois mon injure & Solime ,
J'allois finir nos maux par un coup légitime ,
Ce fut dans cet inftant , que mon cœur égaré
Sentit naître le feu dont il eft dévoré.
Si tu le peux encor , rappelle à ta mémoire
Ce jour honteux pour moi. . . . ce jour de ta victoire ,
Si ton ame infidéle en hait le fouvenir ,
C'eft , en le rappellant , que je veux te punir ;
Supplice encor trop doux pour un perfide , un traître ,
Qui l'eft par fanatifme , & qui fe plaît à l'être.

    J'avois juré ta mort : au gré de mon courroux ,
Un fommeil imprudent te livroit à mes coups.
Ah ! Dieux ! pourquoi ma main, dans cet inftant funefte ,
N'ofa-t'elle percer un cœur qui me détefte ?
J'ai frémi, malheureufe , & j'ai craint de frapper !
Mon bras, en t'immolant, pouvoit-il fe tromper ?
C'étoit Renaud , Renaud , ce guerrier indomptable ,
Ce foldat de Dudon, ce héros redoutable ,
Ce deftructeur barbare , armé contre les miens ,
L'effroi des Mufulmans & l'appui des Chrétiens.
Mais Renaud n'avoit point cette armure terrible ,
Ce cafque enfanglanté , qui le rend invifible ,

Qui ,

Qui, le cachant alors, fous fon pannache affreux,
Eût enhardi mon bras en abufant mes yeux.
J'aurois bravé Renaud fous le poids de fes armes ;
Mais Renaud défarmé n'eut pour moi que des charmes.
Tant d'attraits brillent-ils au front d'un ennemi ?
Je crois te voir encor fous un Mirthe endormi,
Les yeux appefantis, fermés à la lumière,
Mêlant aux doux Zéphirs ton haleine légere,
Sur un tapis de fleurs négligemment couché,
Tel qu'un jeune arbriffeau vers la terre penché,
Le front à découvert, la bouche à demi clofe,
Charmant.... Semblable enfin à l'Amour qui repofe.
Tes blonds cheveux flottoient, à l'avanture épars.
Un Dieu fembloit alors s'offrir à mes regards.

Dans mes mains, cependant, le poignard étincelle.
Je m'élance vers toi... je frémis... je chancelle.
Déjà je ne veux plus ni frapper ni punir.
J'aime Renaud !... je l'aime !... ai-je pû le haïr ?
Quelle étoit mon erreur ? Renaud eft tout aimable !
Ce n'eft plus ce Chrétien, ce mortel méprifable,
Ce foldat fanatique & cruel tour à tour :
Ce n'eft plus mon tyran... C'eft Renaud !..c'eft l'Amour !
Mais que vois-je ? Son front eft couvert de poufiere !
L'ardeur du jour le brule ! ô ciel ! que vais-je faire ?
Une horrible fueur déjà le fait pâlir !
Ah ! qu'un baifer l'effuye !... eft-il fait pour fouffrir ?
Reçois, mon cher Renaud, ce doux baifer d'Armide,
Ce n'eft plus la fureur, c'eft l'amour qui la guide.

B

Il dort !..., Vents, taifez-vous. Refpectez fon fommeil.
Dieux ! qu'il fera charmant à l'inftant du réveil !
Il va me préferer à l'Europe, à la terre.
Il eft fait pour l'amour & non pas pour la guerre.

Pour l'amour ! mais Renaud eft né mon ennemi !
Il eft vrai ; mais Renaud dans fa haine affermi,
Pourroit il... je crains tout... enchaînons ma conquête.
Loin du camp des Chrétiens que le plaifir l'arrête.
Que le tiffu des fleurs, celui de mes cheveux
Le ferrent dans mes bras de mille & mille nœuds.
Partons & dans un char traverfant l'Empirée,
Tranfportons mon amant dans une Ifle ignorée,
Où mon amour jaloux foit certain de fa foi,
Où je fois toute à lui, comme lui toute à moi.

J'arrive : la nature, en partageant ma joie,
Sur d'arides rochers s'embellit, fe déploie,
Et fe reproduifant, au gré de mon amour,
Du plus affreux défert fait le plus beau féjour.

Au moment du réveil, quelle fut ta furprife ?
Aux pieds de fon vainqueur Armide étoit affife.
Cette fiere Princeffe, Armide dont le bras,
Quelques inftans plûtôt, s'armoit pour ton trépas,
Redoutant, à fon tour, de te voir inflexible,
Paroiffoit implorer le Dieu le plus terrible,
Et me livrant entiere à de juftes frayeurs,
J'embraffois tes genoux, arrofés de mes pleurs.
Cher Renaud, t'ai-je dit, tu vois couler mes larmes.
Puiffent-elles fur toi ce que n'ont pû mes charmes !

Je t'aime, je t'adore & mon cœur enflammé,
Pour prix de son amour, demande d'être aimé.
Au thrône de Solime en vain ton bras aspire.
Renonce à cet espoir. Je t'offre un autre empire,
Un empire plus doux & plus digne de toi,
L'empire de mon cœur que je livre à ta foi.
Quitte ce fer horrible & cet airain barbare.
Laisse agir le Croissant & la triple Thiare.
Abandonnons au sort ces intérêts divers.
Ce palais, ces jardins, voilà notre Univers.
Viens, suis moi, cher amant.... viens.. ce sombre bocage,
Ce Temple de l'Amour & son plus bel ouvrage,
Ce thrône de gazon, ces ombres, ces ruisseaux,
Le souffle du Zéphire & le chant des oiseaux,
La nature, en un mot, au plaisir nous appelle.
Le plaisir à tes yeux va me rendre plus belle.
Viens... tu me fuis! ... l'Amour, dans nos embrassemens,
De deux fiers ennemis fait deux tendres amans.
L'ardente activité de ses rapides flammes
Fond nos cœurs, les unit & concentre nos ames.
D'un seul & d'un même être il vient nous animer.
Renaud vit de ma vie, & je vis pour l'aimer.

Que j'étois loin alors de te croire un perfide !
Rien ne troubloit le cœur de l'Amoureuse Armide.
O jour délicieux ! ô fortunés momens,
Où les plus doux baisers scellerent nos sermens !
Au coucher du soleil, au lever de l'aurore,
» Cent fois tu me disois, Armide... je t'adore !

B ij

» Que tu me fais haïr les jours, les triftes jours,
» Où le Dieu des combats m'enlevoit aux Amours.
» J'ai vécû fans t'aimer, ô ciel ! & j'ai pû vivre !
» Pardonne... foible alors & ne pouvant pourfuivre,
Tu laiffois échapper de tes yeux attendris
Ces larmes de l'Amour plus douces que les ris,
Et te précipitant au fein de ta maîtreffe,
Paffant de la douleur à la plus tendre yvreffe,
Tu me faifois goûter, au fein des voluptés,
Des plaifirs toujours vifs, & toujours répétés.
Nous expirions d'amour ; mais nos lévres actives
Fixoient, par des baifers, nos ames fugitives,
Ou plutôt nos deux cœurs, émus par les plaifirs,
Voloient de l'un à l'autre & fuivoient nos foupirs.
Dans ces embraffemens que je me crus heureufe !
Je me livrois entiere à ta flamme trompeufe,
Et j'étois loin encor, trop loin de foupçonner,
Que mon volage amant voulût m'abandonner.

　　O jour, jour odieux, jour à jamais funefte,
Et dont, pour mon tourment, le fouvenir me refte,
Épouvantable jour, que je n'ai pû prévoir,
Dois je, en te rappellant, combler mon défefpoir ?

　　Je ne fçais quels mortels, deux Chrétiens que j'abhorre,
Secourus par un Dieu que je haïs plus encore,
Franchiffant, malgré moi, ces rochers fourcilleux,
Dont les flancs efcarpés te cachoient à leurs yeux,
Viennent, & te parlant de gloire & d'héroïfme,
Ralument dans ton cœur les feux du fanatifme.

Les barbares bientôt , t'arrachant de mes bras ,
Du sein des voluptés t'entraînent aux combats.
Tremblante , je m'écrie , arrête, ingrat !... arrête !
Tu ne m'écoutes point ! déjà la voile est prête !
Je fatigue les airs de cent cris superflus.
Ton vaisseau part, fuit , vole.... & je ne te vois plus.
   Mes lugubres clameurs remplissent le rivage.
Je me traîne en pleurant vers ce charmant bocage ,
Vers ce berceau chéri, témoin de nos plaisirs.
L'Écho, le seul écho répond à mes soupirs.
Par mes cris redoublés vainement je t'appelle.
Foible alors & cédant à ma douleur mortelle ,
Je tombe sur ce lit de gazon & de fleurs ,
Où mes baisers payoient tes baisers imposteurs ,
Où,te cherchant encor, j'étends mes mains tremblantes,
Où je n'embrasse plus que des ombres errantes.
   O ciel ! il est donc vrai que mon amant me fuit !
Tristes Divinités de l'infernale nuit ,
A mes accens plaintifs sortez du noir empire.
Embrasez ce palais que l'Amour sçût construire.
Volez , portez partout le fer & les flambeaux.
Ravagez ces jardins , desséchez ces ruisseaux.
Aneantissez tout, l'Univers & moi-même.
Mais , épargnez encor le perfide que j'aime.
Qu'il vive !... il vit l'ingrat & son barbare cœur
Peut-être est insensible aux cris de ma douleur !
Le croirai-je , Renaud , que ton ame infidelle
Joigne à ce titre affreux le titre de cruelle ?

M'abandonneras-tu fur ces rocs calcinés,
Sur ces fommets affreux, de ta fuite étonnés,
Où, depuis ton départ, la nature engourdie
Expire loin du Dieu qui lui donnoit la vie,
Où je ne puis, enfin par mes enchantemens,
Ce que pouvoit un feul de tes regards charmans ?

  Non, Renaud : prens pitié d'une amante égarée,
Criminelle pour toi, pour toi dénaturée.
Pour toi j'ai tout quitté, mon pere, mon pays ;
Mes devoirs, mes fermens, je les ai tous trahis.
De quel œil, de quel front oferois-je paroître
Dans les murs de Damas, que tu détruis peut-être,
Dans ces murs malheureux où j'ai reçu le jour,
Dont j'immolai la gloire aux foins de mon amour ?
Parle : dois-je montrer à la terre étonnée
Armide dans les pleurs, Armide abandonnée ?
Puis-je enfin fans rougir, expofer à fes yeux
Mon déshonneur.., ce prix dont tu payas mes feux ?
Mais, que dis-je ? Eft-ce à moi de redouter la honte ?
Je t'aime avec fureur & l'amour la furmonte.
Permets que ton efclave accompagne tes pas.
Traîne-moi dans ce camp, où mes foibles appas
Allumerent des feux de difcorde & de haine.
J'enchaînai des Chrétiens.... venge-les & m'enchaîne.
Je ne demande plus à mon cruel vainqueur
Que du beau nom d'Amante il flatte ma douleur.
Dans fon camp, près de lui s'il permet que je vive,
Je ne veux que le titre & le rang de captive.

J'en prendrai, fans rougir, les vêtemens affreux.
Déjà j'ai dépouillé ces treffes de cheveux
D'un front, couvert d'ennuis, inutile parure.
J'abhorre des attraits qui n'ont fait qu'un parjure.

Oui, Renaud, laiffe-moi voler à tes genoux.
Efclave & dans tes fers mon fort fera plus doux.
Quels foins je te rendrai! quand le Dieu des batailles
T'entraînera fanglant au pied de nos murailles :
Tremblante pour tes jours, je couvrirai ton fein
D'un fer impénétrable & du plus dur airain.
Moi-même je ceindrai ta redoutable épée.
Enfin, que te dirai-je? A te plaire occupée,
Redoutant de te perdre & marchant fur tes pas,
Armide te fuivra dans le choc des combats.
L'or de ton bouclier, ta cuiraffe pefante
Ne pourront raffurer ta malheureufe amante.
Craignant à chaque dard par l'ennemi lancé :
Que, tout ingrat qu'il eft, ton cœur n'en foit percé,
Le fein, le fein tremblant de la fidèle Armide
Contre ces traits mortels te fervira d'Egide ;
Heureufe ; fi bientôt expirante à tes yeux,
Tu connois tout le prix d'un amour malheureux !

Mais, que dis-je? Où m'emporte un efpoir qui m'égare?
Ah! cruel, je prévois ta réponfe barbare !
» Armide, me dis-tu, j'ai dû trahir tes feux.
» J'aime un Dieu moins facile & plus grand que tes
» Dieux.

» Je suis Chrétien. Ma loi rigoureuse & févere

» M'accusoit dans les bras d'une femme étrangere,

» Aux pieds d'une Idolàtre, en esclave enchaîné,

» La gloire gémissoit dans mon cœur mutiné.

» Sur des aîles de feu la grace descendue.

» Chasse enfin le nuage épaissi sur ma vûe.

» De mes fens abusés je connois les erreurs.

» Imite-moi ; renonce à des plaisirs trompeurs.

» Ne viens point : vis heureuse en oubliant un traître,

» Qui le fut par devoir, & qui gémit de l'être.

» Je te dis , en pleurant, un éternel adieu.

» Je te plains... mais enfin j'obéis à mon Dieu.

  A ton Dieu ! quoi ! c'est toi qui m'opposes son
    culte ?

Ce n'est donc plus l'amour que ton ame consulte ?

Mais, réponds : dans l'instant , où maître de tes vœux,

Tu pouvois dédaigner ou couronner mes feux ,

Pourquoi m'avoir caché cet obstacle invincible ?

Ton Dieu, dans ce moment, étoit-il moins terrible ?

Ah ! cruel, libre alors d'aimer ou d haïr,

N'as-tu choisi d'aimer que pour mieux me trahir ?

  Non , tu n'est point le fils de la belle Sophie.

Non ; ne te vante point de lui devoir la vie.

Le caucase, au milieu des neiges, des glaçons ,

Te conçut dans la nuit de ses antres profonds,

Ou la Mer, en fureur, te roulant dans son onde ,

Te vomit sur ses bords pour le malheur du monde.

            Ingrat,

Ingrat, il te sied bien de vanter ta vertu,
D'opposer à l'amour un devoir prétendu !
Va, crois-moi : désormais cesse de te contraindre.
Tu feignis de m'aimer, & tu feins de me plaindre.
Quand je vois, dans ton cœur, mon amour oublié,
Que m'importent les soins de ta fausse pitié ?
Vis en paix, me dis-tu ? Qui ? moi, que je respire !
Arrache donc, cruel, le trait qui me déchire !
Où puis-je la trouver cette tranquile paix ?
Loin de moi, sur tes pas, elle a fui pour jamais.
Ne crois point, cependant, que seule dans les lar-
       mes,
Je maudirai l'Amour, & Renaud, & mes charmes.
Eumenide cruelle, attachée à tes pas,
Je te suivrai par-tout, dans ta tente, aux combats.
Par-tout te reprochant ton crime & ton parjure,
Je te ferai sentir les tourmens que j'endure.
J'en mourrai : mais bientôt a abusé dans tes vœux,
Tu descendras toi-même au séjour ténébreux,
Et, satisfaite alors, mon ombre ensanglantée
Sans cesse poursuivra ton ombre épouvantée.
Les enfers mugiront de mes lugubres cris.
Voix si tu veux, ingrat, me trahir à ce prix.
   Qu'ai-je dit ? Vains projets d'une amante insensée !
Qu'un plus doux avenir vient flatter ma pensée !
Ah ! Renaud, cher objet des plus tendres amours,
Je vais te faire encor d'inutiles discours.

C

Mais, qu'ils foient pour ton cœur ou preſſans, ou frivoles,
L'honneur perdu, craint-on de perdre des paroles ?
Va, je ne te haïs point ; va, je fens que mes pleurs
Dans mon ame attendrie ont éteint mes fureurs.
Quel que foit ton parjure & mon dépit extrême,
Il eſt faux que j'abhorre, il eſt trop vrai que j'aime.
Ecoute : tu m'a dis que ta religion,
Que l'amour des combats, que ton ambition,
Et je ne ſçais encor quel ferment homicide
Te forçoient malgré toi d'abandonner Armide.
Hé bien, connois l'excès, le pouvoir de mes feux.
Je renonce à mon culte & j'abjure mes Dieux.
Sois le mien déformais. Idôlatre ou Chrétienne,
Armide n'aura plus d'autre loi que la tienne.
Détermine, à ton gré, ma créance, mes mœurs.
Je n'examine rien, foit vertus, foit erreurs,
Tes devoirs font les miens & je fuis tes exemples.
Déjà ton Dieu m'eſt cher. Conduis-moi dans fes Tem-
          ples :
Heureufe, fi bientôt par des nœuds éternels
Il unit nos deſtins au pied de fes autels !
Trop heureufe, en un mot, fi par l'amour conduite,
Ta main, fur les débris de Solime détruite,
Daigne ceindre mon front du bandeau nuptial,
Si, quittant à jamais un féjour trop fatal,
Tu me fais voir au Tibre ébloui de ta gloire,
Affife á tes côtés fur ton char de victoire.

J'ofe exiger ce gage & ce prix de ta foi.
Je pars, dans cet efpoir, pour me rejoindre à toi.
Et quel que foit le fort qui m'attende à Solime,
J'y vivrai ton époufe, ou mourrai ta victime.

F I N.

9 782016 181379